¡Quiero a mi mamá!

Tony**Ross**

Dirección editorial: Elsa Aguiar
Coordinación editorial: Gabriel Brandariz
Diseño: Estudio SM
Traducción del inglés: M.ª Carmen Díaz-Villarejo
Título original: *I Want My Mum!*

© del texto y las ilustraciones: Tony Ross, 2004
© Ediciones SM, 2009
   Impresores, 2
   Urbanización Prado del Espino
   28660 Boadilla del Monte (Madrid)
   www.grupo-sm.com

ATENCIÓN AL CLIENTE
Tel.: 902 12 13 23
Fax: 902 24 12 22
e-mail: clientes@grupo-sm.com

ISBN: 978-84-675-3567-9
Depósito legal: M-19147-2009
Impreso en España / *Printed in Spain*
Gráficas Monterreina, S.A. Cabo de gata, 1-3 - 28320 Pinto (Madrid)

Fuera estaba lloviendo.
La princesa estaba
muy entretenida pintando

cuando ocurrió
algo terrible...

Dio un manotazo al tarro de agua.

El agua se vertió,

estropeando el mejor dibujo

que la princesa había hecho nunca.

La reina sostuvo el dibujo, que estaba todo empapado.
—¡Qué dibujo tan fantástico!
—exclamó—. Es un día de lluvia.

La princesa
sonrió de nuevo.

Cuando paró de llover,
la princesa salió
para jugar con el balancín
Entonces sucedió algo **terrible**...

La princesa se dio
un golpe en la rodilla.

Y su madre le dio un beso en la rodilla
para que se curara.

La princesa sonrió.

Aquella noche, la princesa no podía dormir
porque había un monstruo
viviendo bajo su cama.

–Debajo de tu cama no vive ningún
monstruo –dijo su padre–
Mira si quieres.

Pero la princesa no se atrevía.
–¡YO QUIERO A MI MAMÁ!
–chilló.

–Os voy a leer un cuento a ti y al monstruo
–dijo su madre.
La princesa sonrió y se quedó dormida.

–¡Odio los huevos!
–protestó la princesa durante el desayuno.

–Cómetelo –dijo el cocinero–.
Los huevos son buenos para ti.

–¡YO QUIERO
A MI MAMÁ!
–chilló la princesa.

–¡Oh, vaya!
¡Es un huevo de dinosaurio!
–dijo su madre–.
A mí me gusta mucho.

La princesa sonrió.

–¡Eh, mamá! ¡Deja algo para MÍ!

Durante toda la mañana,
la princesa tuvo
que jugar sola.
La doncella se acercó
un momento
para jugar a la oca.

—¡YO QUIERO A MI MAMÁ!

—voceó la princesa.

El almirante también
fue para jugar a los barcos.

¡YO QUIERO A MI MAMÁ!

–gritó la princesa.

El pequeño príncipe también
fue para jugar a cualquier cosa.

−¡YO QUIERO A MI MAMÁ!
−chilló la princesa.

Por fin llegó su madre
con emocionantes noticias:

—La pequeña duquesa te ha invitado
a pasar la noche en su casa.
Comeréis patatas fritas
y veréis una película de vídeo.

La princesa hizo su maleta
y empezó a llorar.
—¿Qué te pasa?
—preguntó su madre.

–¡No quiero ir!

–lloriqueó la princesa–.
Me quiero quedar aquí,
contigo y con mi oso
de peluche.

–Pero si tu oso
y yo vamos a
acompañarte
–dijo su madre.

En el castillo de la pequeña
duquesa, pusieron la película
de vídeo y la reina se fue despacito.

–¡Quiero a mi ma...!

Pero la película era muy divertida
y las patatas estaban muy ricas...

La princesa sonrió.

Mientras, en el palacio real,
la reina decía al rey:
—La princesa se lo está pasando
muy bien. Pero...